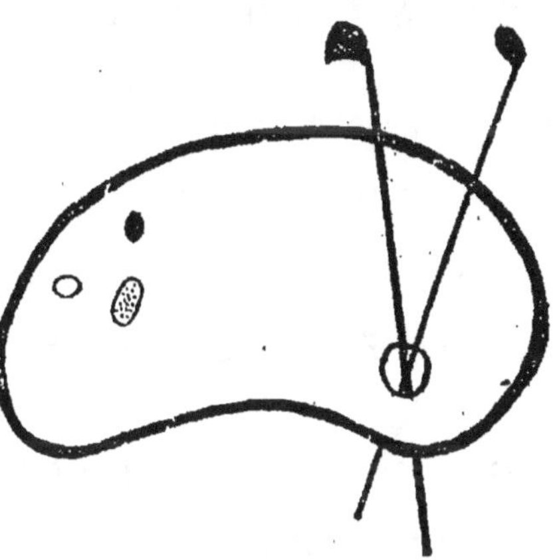

DEBUT D'UNE SERIE DE DOCUMENTS
EN COULEUR

17 Nov. 1860 5891-50

CATALOGUE

DE

TABLEAUX

ANCIENS & MODERNES

Quelques miniatures dont plusieurs portraits historiques et quelques sujets gracieux

BORDURES SCULPTÉES ET DORÉES

DONT LA VENTE AURA LIEU

Le Samedi 17 Novembre 1860

A UNE HEURE PRÉCISE

HOTEL DES COMMISSAIRES-PRISEURS

Rue Drouot, 5

SALLE N° 3

Me DELBERGUE-CORMONT, Commissaire-Priseur,
rue de Provence, 8,

Assisté de M. DHIOS, Expert, rue Le Pelletier, 33.

Chez lesquels se délivre le catalogue.

EXPOSITION PUBLIQUE

Le Vendredi 16 Novembre 1860, de midi à cinq heures

PARIS

RENOU ET MAULDE

IMPRIMEURS DE LA COMPAGNIE DES COMMISSAIRES-PRISEURS

1860

70 6 bouteilles	Meffre	1	50
70 4 "	Meffre	3	50
0 6 "	Varetier	4	
70 4 "	Meffre	4	50
70 2 "	Meffre	6	"
70 1 "	Meffre	6	"
70 1 "	Meffre	6	
70 2 "	Meffre	8	0
70 2 "	Meffre	5	
0 2 "	Varetier	12	
70 1 "	Meffre	7	50
70 2 "	Meffre	9	50
70 1 "	Meffre	14	"
70 1 "	Meffre	7	
70 "	Meffre	6	
70 1 "	Meffre	10	50
70 1 "	Meffre	11	
70 1 "	Meffre	10	
0 1 "	Varetier	5	50
70 1 "	Meffre	19	
70 1 "	Meffre	17	
70 2 "	Meffre	11	
70 1 "	Meffre	8	50
70 "	Meffre	21	
70 "	Meffre	7	
70 "	Meffre	11	50
70 "	Meffre	13	
70 "	Meffre	17	
0 "	Varetier	50	
00 "	Brunet	20	
70 "	Meffre	23	

70 ✗   2 [illegible] d'art [illegible] Muller ✗ 13
70 ✗   [illegible] ambulant   Muller ✗ 1
                              ____
0 ✗   2 [illegible]   [illegible]   ✗ 2
00 ✗ 1 [illegible] de [illegible]   Brunet   ✗ 46
200 ✗   "   Brunet   ✗ 8
000 ✗ 1 [illegible]   Rivière   ✗ [illegible]
000 ✗ 1 Marine   Rivière   ✗ 18
000 ✗ [illegible]   Rivière   ✗ [illegible]
00 ✗   [illegible]   Brunet   [illegible]
00 ✗   [illegible] famille   Brunet   [illegible]

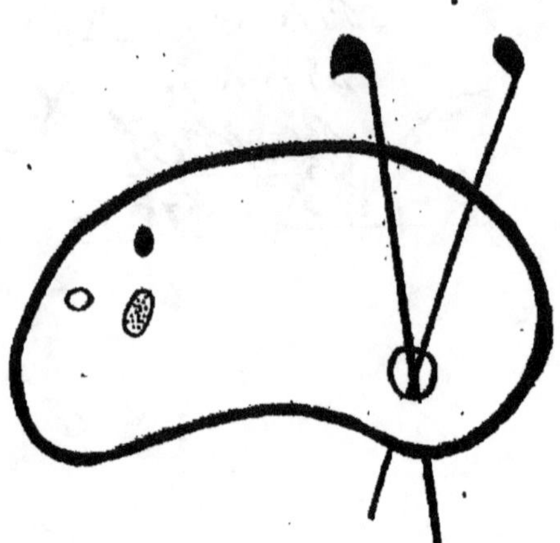

FIN D'UNE SÉRIE DE DOCUMENTS
EN COULEUR

CATALOGUE

DE

TABLEAUX

ANCIENS & MODERNES

Quelques miniatures dont plusieurs portraits historiques et quelques sujets gracieux

BORDURES SCULPTÉES ET DORÉES

DONT LA VENTE AURA LIEU

Le Samedi 17 Novembre 1860

A UNE HEURE PRÉCISE

HOTEL DES COMMISSAIRES-PRISEURS

Rue Drouot, 5

SALLE N° 3

Mᵉ DELBERGUE-CORMONT, Commissaire-Priseur,
rue de Provence, 8,
Assisté de M. DHIOS, Expert, rue Le Pelletier, 33.
Chez lesquels se délivre le catalogue.

EXPOSITION PUBLIQUE
Le Vendredi 16 Novembre 1860, de midi à cinq heures

PARIS

RENOU ET MAULDE

IMPRIMEURS DE LA COMPAGNIE DES COMMISSAIRES-PRISEURS

—

1860

CONDITIONS DE LA VENTE

Elle sera faite au comptant.

Les Acquéreurs paieront, en sus des adjudications CINQ POUR CENT applicables aux frais.

DÉSIGNATION

DES

TABLEAUX

MOUCHERON (F.).

1 — Paysage boisé traversé par une route sur laquelle
passent plusieurs charrettes attelées.

LANCRET (Nicolas).

2 — Le Menuet.

TÉNIERS (David).

3 — Vue d'une ville au bord d'une rivière; sur le
devant plusieurs groupes de personnages se
promènent, d'autres s'embarquent.

WATTEAU (d'après).

4 — Assemblée galante et danses dans un parc.

BOUCHER (F.).

5 — Une Baigneuse.

LAFONTAINE.

6 — Intérieur d'église orné de figures.

CLAUDE LORRAIN (attribué).

7 — Paysage. Sur le premier plan on voit des ber-
gers qui dansent près d'un troupeau de chè-
vres.

VAN BALEN ET VAN KESSEL.

8 — La Vierge et l'Enfant-Jésus, médaillon ovale
entouré d'une guirlande de fleurs.

GREUZE (attribué à).

9 — Portrait de jeune fille.

NETSCHER (d'après GASPARD).

10 — Scène d'intérieur où plusieurs personnes font
de la musique.

VERNET (JOSEPH).

11 — Marine. Sur le premier plan une embarcation
chargée de passagers qui viennent d'aban-
donner un navire qu'on aperçoit allant se
briser sur des rochers; dans le lointain une
ville.

— 5 —

VERNET (Joseph).

12 — Vue d'un port de mer italien, animé de barques,
figures, et au centre dans le fond un vaisseau
à toute voile. Effet de soleil couchant.

Pendant du précédent.

GUASPRE POUSSIN.

Quatre paysages sites d'Italie.

13 — Paysage avec cascades; sur le devant un homme
assis au bord d'une rivière.

14 — Paysage traversé par une rivière; vers la gauche, un massif d'arbres.

15 — Paysage, site montagneux et boisé sur le premier plan.

16 — Paysage, à gauche une cascade près d'un moulin.

COYPEL (Noël).

17 — Vénus et l'Amour.

HOREMANS (Jean).

18 — Extérieur d'une maison où l'on voit trois femmes
et deux hommes, les uns assis, les autres
debout autour d'une table couverte de légumes.

NIKELEN.

19 — Intérieur d'église.

DU MÊME.

20 — Pendant du précédent.

TÉNIERS (David).

21 — La Tentation de saint Antoine.

DUPLESSIS (manière de Van de Velde).

22 — Villageois traversant une rivière.

MOLENAER.

23 — La Leçon de chant.

DU MÊME.

24 — La Comparaison. (Pendant du précédent.)

JEAN STEEN.

25 — La Confession.

LÉLY (le chevalier).

26 — Portraits du prince Frédéric-Henri d'Orange et
de sa femme.

DEHONDT.

27 — Combat de cavalerie. (Cuivre.)

Cadre en bois sculpté.

LOUTHERBOURG (J.-C.).

28 — Paysage avec marché d'animaux.

(Effet du soir.)

NEER (Aart Van der).

29 — Paysage accidenté, sur la droite on remarque
un pont très-pittoresque; sur la gauche des
pêcheurs retirent leurs filets.

(Effet de clair de lune)

DELAMARRE.

30 — Légumes et nature morte.

LARGILIÈRE.

31 — Portrait de jeune femme.

BREUGHEL DE VELOURS.

32 — Vue d'un village au bord d'une rivière chargée
de bateaux; le quai est animé d'un grand
nombre de figures.

(Petit tableau très-fin.)

STEEN (JEAN).

33 — Scène d'intérieur où l'on voit une dentelière.

E. CICERI (signé).

34 — Intérieur d'une ville.

GUIDO RENI.

35 — Tête du Christ couronné d'épines.

ÉCOLE FRANÇAISE.

36 — Portrait d'une dame de distinction.

PALAMÈDES.

37 — Charge de cavalerie.

MIREVELT.

38 — Portrait de femme à collerette.

VERNET (école d'Horace).

39 — Traîneau russe.

COELLO (Claude).

40 — Repos de la Sainte Famille.

ZUCCARELLI.

41 — Paysage avec rochers, coupés par une rivière qui tombe en cascade. Sur le devant, à gauche, un voyageur à cheval interroge un villageois; à droite, des baigneurs.

DU MÊME.

42 — Paysage. Au centre, une rivière où l'on voit trois pêcheurs; à droite, groupe d'arbres; dans le fond et sur la gauche, des rochers. (Pendant.)

CRANACH (L. signé).

43 — Prédication de saint Jean.

BREUGHEL (P.).

44 — Partie de chasse dans une forêt

INCONNU.

45 — Portrait de Gaston de Foix.

ÉCOLE FRANÇAISE.

46 — Portrait de jeune femme avec un chien.

SUSTERMANS (attribué à).

47 — Portrait de Marie de Médicis.

RIBÉRA (dit L'Espagnolet).

48 — Saint Jérôme.

ÉCOLE ESPAGNOLE.

49 — Portrait d'un seigneur espagnol.

ÉCOLE FLAMANDE.

50 — Portrait de l'armurier Jullet.

51 — Sous ce numéro seront vendus quelques bons tableaux, que nous avons reçus trop tard pour les comprendre au catalogue.

ÉCOLE MODERNE

MOORMANS (F.).

52 — La Lecture.

MOORMANS (F.).

53 — Le Miroir.

DU MÊME.

54 — Les Poissons rouges.

DU MÊME.

55 — La Toilette.

DU MÊME.

56 — La Partie de cartes.

GUERNAERT.

57 — La Madeleine.

LEPROUX.

58 — Promenade sur l'eau.

DU MÊME.

59 — Cabane de pêcheurs au bord de la mer. (Pendant du précédent.)

CARTIER.

60 — Jeune Garçon gardant des vaches dans un pâturage.

DU MÊME.

61 — Animaux à l'abreuvoir.

FONÈCHE.

62 — Vue d'une ville au bord de la mer.

DU MÊME.

63 — Village de pêcheurs.

FORT (Th.).

64 — Charge de cavalerie.

ÉCOLE MODERNE.

65 — Famille éplorée par une inondation.

DELESSARD.

66 — Baigneuses dans un paysage.

MINIATURES

INCONNU.

67 — Quatre Portraits de personnages historiques de
la cour d'Angleterre, des xvıᵉ et xvııᵉ siècles.
(Miniatures sur vélin.)

TITIEN (d'après).

68 — Deux miniatures : Vénus couchées.

ÉCOLE ANGLAISE.

69 — Portraits d'un général et d'un amiral. (Forme
ovale.)

Bordures sculptées et dorées.

70 — Environ trente cadres anciens et modernes de
différentes dimensions.

Renou et Maulde, Imprimeurs de la Compagnie des Commissaires-Priseurs
rue de Rivoli, 144.   14030